AF611217

POÉSIES

DIVERSES

DE

LEMÉNANT-DESCHÊNAIS,

GREFFIER DE PAIX A CHATEAUGIRON.

A RENNES,

CHEZ DUCHESNE, LIBRAIRE, RUE ROYALE.

1820.

A RENNES, DE L'IMPRIMERIE DE COUSIN-DANELLE.

POÉSIES
DIVERSES.

LA CRÉATION DU MONDE.

Du Dieu qui créa tout je chante la puissance;
Je vais de l'Univers célébrer la naissance,
Peindre l'homme sortant des mains de l'Éternel,
Et bénir de l'Hymen le flambeau solennel.
O Dieu qui fus toujours et qui dois toujours être!
Toi, que le Monde entier reconnaît pour son maître,
Qui d'un seul mot formas tous les êtres divers,
Je chante ton ouvrage : inspire-moi mes vers!
Rien n'était : le soleil et sa vive lumière,
Les flambeaux de la nuit, l'air, le ciel et la terre,
Tous les êtres, enfin, plongés dans le néant,
Pour éclore attendaient l'ordre du Tout-Puissant.
Il parle.... et tout à coup cet Univers commence;
Le jour naît, le soleil vers l'occident s'avance,
La terre s'arrondit et sort du sein des eaux;
Les campagnes soudain se couvrent d'arbrisseaux;
Le ruisseau naît et fuit à travers la prairie,
Qu'embellit tout à coup la verdure fleurie,
Tandis que vers la mer le fleuve impétueux
Pour la première fois roule ses flots fougueux.
Ici croît l'olivier, là s'élève le chêne;
Le peuplier plus loin ombrage une fontaine;

Ces monts sont couronnés de hêtres verdoyans,
Et la vigne se plaît sur ces côteaux rians.
La terre se transforme, à la voix de son maître,
En divers animaux, qui s'empressent de naître.
Ici paît l'éléphant, là mugit le taureau;
Plus loin s'enfuit le cerf, ailleurs bondit l'agneau;
En naissant, le renard se creuse une tanière;
Le fier lion rugit en voyant la lumière;
Le fougueux sanglier s'enfonce dans les bois;
Les fourmis voient le jour et se donnent des lois;
La plaine retentit sous le coursier superbe;
Le reptile a la vie et se cache sous l'herbe;
L'industrieux castor se construit des maisons
Au milieu des ruisseaux et des fleuves profonds.
L'air a ses habitans, de même que la terre :
Soudain le rossignol, la fauvette légère,
Reçoivent la naissance et chantent leur auteur;
L'allouette à son tour bénit le Créateur;
L'aigle prend son essor, et, dans son vol rapide,
S'élance vers la plage où le soleil réside.
L'onde, comme les airs, se peuple d'animaux :
Le poisson reçoit l'être et fend le sein des eaux.
L'Univers est formé : la nuit reçoit ses voiles;
Déjà le firmament est parsemé d'étoiles;
La terre s'embellit et la mer a ses lois.
Dieu parle... et le néant obéit à sa voix :
L'Univers est... D'un mot, grand Dieu, tu l'as fait naître!
Mais à cet Univers il faut encore un maître;
Il faut, pour habiter cet immense palais,
Un roi qui du Très-Haut connaisse les bienfaits,
Qui, pour louer l'auteur de toute créature,
Soit l'interprète heureux de toute la Nature.
Enfin, l'homme paraît... Son front noble et divin
Annonce à l'Univers qu'il est son souverain.
L'homme est de l'Eternel le plus parfait ouvrage :

Le Créateur en lui reconnaît son image;
Il l'appèle son fils, lui parle avec bonté,
Et lui promet des jours pleins de félicité.
C'est pour vous, lui dit-il, que j'ai créé le Monde;
Vivez heureux; régnez sur la terre et sur l'onde.
Il dit, et le conduit dans un lieu fortuné
Qu'avec le plus grand soin lui-même avait orné.
Pour décrire ce lieu, cet admirable asyle,
L'esprit humain ferait un effort inutile.
Dans ce charmant séjour, les animaux divers
Viennent tous rendre hommage au roi de l'Univers;
L'homme, dès ce moment maître de la Nature,
Commande et donne un nom à chaque créature;
L'Eternel prend plaisir à combler ses souhaits :
Il aime à l'honorer des plus rares bienfaits.
Mais l'homme est seul encore... Une compagne aimable
Doit bientôt embellir son séjour agréable :
Le bonheur partagé rend doublement heureux...
Le Créateur encor va prévenir ses vœux :
D'un paisible sommeil, sur un lit de verdure,
Il endort à l'instant ce roi de la Nature,
Et pendant qu'il repose, il ouvre son côté,
Prend une côte, en forme une rare beauté :
Sous les doigts éternels, ô merveille étonnante!
Cet os devient bientôt une femme charmante.
Adam s'éveille.... Il voit, ô réveil enchanteur!
Cette compagne aimable et pleine de candeur :
Voici l'os de mes os ; c'est un autre moi-même,
Dit-il avec transport, et dans sa joie extrême,
A cette tendre amie il présente la main.
L'Être éternel, l'auteur de tout le genre humain,
Bénit avec plaisir une union si belle,
Et dit : Vivez en paix, ô vous, couple fidèle!

LE DÉLUGE UNIVERSEL.

Faibles mortels, songez qu'au dessus du tonnerre
Il est un Dieu qui fit le ciel, l'onde et la terre;
Un Dieu juste, infini, qui, la balance en main,
Pèse les actions de tout le genre humain.
De l'homme vertueux s'il est la récompense,
Le méchant fut toujours l'objet de sa vengeance :
Je pourrais en citer mille exemples divers;
Mais à deux seulement je consacre ces vers.
Adam perd l'innocence, et le maître suprême
Le chasse du séjour qu'il forma pour lui-même.
Les maux les plus affreux, ô déplorable sort!
Fondent sur ce coupable : à leur suite est la mort.
Nous avons tous, hélas! hérité de son crime;
Comme lui nous devons en être la victime.
Nous devions partager sa gloire et son bonheur,
S'il n'avait pas enfreint la loi du Créateur;
Mais il s'est révolté contre ce divin maître;
Lui-même a méconnu celui qui l'a fait naître,
Et Dieu, sur ce rebelle en étendant son bras,
Nous a tous, comme lui, destinés au trépas.
Passons à l'autre exemple : il n'est pas moins sensible.
Quand tu punis, grand Dieu, que ton bras est terrible!
Le genre humain croissait, et ses excès honteux
De jour en jour aussi devenaient plus nombreux :
Il méprisait le ciel et sa juste colère;
De désordres sans cesse il inondait la terre;
L'adultère, le meurtre, et les plus grands forfaits,
Pour ces hommes pervers étaient remplis d'attraits.
Ils se livraient, enfin, aux plus infâmes vices,
Et le crime faisait leurs plus chères délices.

Qui le croirait ? Noé, sa femme et ses enfans,
Levaient seuls vers le ciel des regards innocens;
A la voix du Très-Haut eux seuls étaient dociles,
Et sans eux la vertu n'eût point trouvé d'asyles.
Aussi Dieu les épargne au jour de sa fureur;
Eux seuls de l'Eternel éprouvent la faveur.
Pour vous, ingrats, tremblez! Le maître du tonnerre
Se lève, et de vous tous il va purger la terre.
Il paraît, ce grand Dieu; déjà j'entends sa voix,
Et les vents déchaînés exécutent ses lois.
Ils rugissent : le jour se dérobe à la vue;
Le globe est entouré d'une effrayante nue;
L'air s'enflamme : soudain aux yeux épouvantés
De sinistres éclairs brillent de tous côtés.
Ces feux à tout moment embrasent la nature;
A tout moment survient la nuit la plus obscure;
A tout moment paraît le plus lugubre jour :
La nuit et les éclairs se chassent tour à tour.
Les mortels, effrayés des éclats du tonnerre,
Sous leurs pas chancelans sentent trembler la terre;
Elle éclate soudain, et vomit en cent lieux,
Dans les champs désolés, des torrens écumeux.
Le ciel au même instant ouvre tous ses abîmes :
Sur le globe inondé de mille et mille crimes,
La pluie avec fracas tombe, et grossit les eaux,
Qui ravagent déjà les plaines, les côteaux.
Le rocher sourcilleux dans les ondes s'écroule,
L'arbre déraciné dans les flots tombe et roule :
Hommes, femmes, enfans, tous déplorent leur sort,
Et tous, malgré leurs cris, voient s'avancer la mort.
L'un sur une éminence entraîne sa compagne;
L'autre avec ses enfans gravit une montagne;
Mais le flot les atteint et les submerge tous :
Rien ne peut se soustraire aux ondes en courroux.
Dans l'abîme des eaux la terre est disparue;

En vain ce vaste mont se cachait dans la nue :
L'onde flotte au dessus. En une immense mer
L'Univers tout à coup vient de se transformer.
Parmi les loups cruels l'agneau faible et timide
Nage tout étonné sur le globe liquide;
Le lion rugissant lutte contre les flots ;
Le coursier fatigué s'engloutit sous les eaux ;
Le tigre furieux, le léopard sauvage,
Malgré leurs vains efforts, périssent pleins de rage.
L'onde écume et mugit sous le taureau fougueux;
L'éléphant fait jaillir les flots tumultueux ;
L'oiseau, triste, inquiet, en vain cherche un asyle;
Sa force l'abandonne, il s'abat immobile.

L'homme et les animaux ont tous le même sort.
Noé seul et les siens échappent à la mort :
Dieu les tient renfermés dans l'arche salutaire
Que, par son ordre exprès, ce juste eut soin de faire.
Ce vaisseau protégé, sur le gouffre des eaux
Vogue, sans redouter la fureur de leurs flots.

L'AURORE.

La sombre nuit s'éloigne et fait place à l'aurore;
Du côté du levant l'horizon se colore.
Je ne vous voyais plus, côteaux délicieux ;
Vous cessiez, ô bosquet ! de récréer mes yeux.
Ce ruisseau qui s'échappe à travers la verdure
N'existait plus pour moi que par son doux murmure.
Prés, par-tout embellis de mille et mille fleurs,
Qu'aviez-vous fait, hélas ! de vos riches couleurs?
Chêne majestueux, qui prêtez votre ombrage
Aux plaisirs innocens des bergers du village,
A mes yeux attristés vous étiez disparu ;
Et vous, charmant berçeau, qu'étiez-vous devenu ?

Berceau délicieux, où ma jeune bergère
Tous les jours va goûter un repos salutaire;
Qui fûtes autrefois témoin de mon bonheur,
Lorsque la belle Iris, ô moment enchanteur!
Me dit en rougissant « Oui, Coridon, je t'aime...»
Vous enfin, jeune lys, dont la blancheur extrême
Est la noble couleur du Français valeureux?
O vous! qui décorez ses drapeaux glorieux,
Lys charmans, vous cessiez de réjouir ma vue!
Je vous croyais perdus; mon ame était émue....
La nuit, la sombre nuit vous dérobait à moi;
Mais l'aurore paraît.... Enfin, je vous revoi.
  L'aurore du néant fait sortir la nature,
Et rend à chaque objet sa forme et sa parure;
Elle embellit la terre, enrichit nos guérets,
Et répand sur ses pas la joie et les bienfaits.
  Naguères l'Univers était dans le silence;
Mais l'aurore a paru : tout change à sa présence.
L'oiseau reprend ses chants, le berger ses pipeaux,
Et déjà dans les prés bondissent les agneaux;
Le laboureur joyeux déjà, dans la campagne,
A repris son travail et quitté sa compagne.
L'amante avec plaisir revoit son tendre amant;
La nuit l'avait ravi, l'aurore le lui rend.
Zéphyre fait la cour à la rose vermeille;
J'entends parmi les fleurs la diligente abeille.
Tout est en mouvement : l'aurore à son retour
Ramène les plaisirs, le travail et l'amour.

LA FIN DU MONDE.

NAGUÈRE je chantai la naissance du Monde :
Pour la première fois sortant du sein de l'onde,

Le soleil, qu'appelait la voix du Créateur,
Lança sur notre globe un rayon bienfaiteur;
La terre s'arrondit et flotta sur l'abîme;
Vers le ciel tout à coup l'arbre éleva sa cîme;
Dieu fit naître soudain mille animaux divers,
Et l'homme enfin parut pour régir l'Univers.
Après avoir chanté cette époque célèbre,
Ma lyre fit entendre un son triste et funèbre :
Je montrai notre globe englouti sous les eaux;
Je fis voir les humains luttant contre les flots;
Je plaignis leur malheur, je détestai leurs crimes,
Et j'admirai Noé voguant sur les abîmes.
Aujourd'hui la frayeur s'empare de mes sens :
Je chante l'Univers à ses derniers instans.
Fiers mortels qui du ciel méprisiez la colère,
Tremblez : j'entends la voix du maître du tonnerre.
Il commande; écoutez : le monde va finir.
Répondez, fiers mortels, qu'allez-vous devenir?
Où fuir, où vous cacher à sa juste vengeance?
Mais il paraît.... Tremblez! je le vois qui s'avance.
Les cieux s'ouvrent en deux aux ordres de leur roi,
Précédé de la mort qui va semer l'effroi.
L'Univers est en proie aux flammes dévorantes.
De la terre soudain les entrailles brûlantes,
Comme un vaste volcan, vomissent en tous lieux
De bitume embrasé des tourbillons affreux.
Le feu tombe à torrens sur la terre enflammée;
La mer n'est déjà plus qu'une horrible fumée;
Les rochers dans les airs s'élancent par éclats,
Et font en retombant un terrible fracas.
Chaque astre tout à coup abandonne sa route;
Ils se détachent tous de la céleste voûte :
Vers la terre on les voit tomber en se heurtant,
Et le monde n'est plus qu'un cahos effrayant.
Méchans, qui méprisiez le maître de la foudre,

Il vient, ce Dieu vengeur, de vous réduire en poudre;
Il vient de consumer par l'ardeur de ses feux
Le globe profané par vos excès honteux.
Mais cet être infini, par sa toute-puissance,
Bientôt à l'Univers donne une autre existence.
Il vous creuse un abîme, ingrats, où pour jamais
Vous irez expier vos infâmes forfaits.
Pour vous, ne craignez rien, justes dont l'ame pure
Fut docile à la voix du roi de la Nature :
Il vous prépare à tous un séjour enchanteur
Où vous irez goûter un éternel bonheur.

ÉPIGRAMME.

Pauvres mortels, quel triste sort!
De tous ses enfans ennemie,
Ève nous a donné la mort
Avant de nous donner la vie.

DEMONSTRATION

DE L'EXISTENCE DE DIEU.

Que suis-je? quel doit être un jour mon avenir?
Ai-je toujours été? me faudra-t-il finir?
Le monde existe-t-il? le ciel, l'onde et la terre
N'offrent-ils à mes yeux qu'une ombre mensongère?
Je suis : à cela seul se borne mon savoir;
Tout le reste m'échappe et fait mon désespoir.
Je crois autour de moi voir, entendre des hommes;
Mais c'est peut-être, hélas! autant de vains fantômes. . .

Peut-être, ô doute affreux! tout m'induit en erreur;
Peut-être tout n'est-il rien qu'un songe trompeur!
Qui pourra me tirer de ce doute terrible?
Hélas! la vérité m'est-elle inaccessible?
Je l'aime, je l'appèle; elle est sourde à mes cris :
Elle fuit loin de moi, lorsque je la poursuis. . . . .
Souvent je crois la voir, agréable délire!
Elle me tend les bras, et semble me sourire;
Mais bientôt elle échappe, et je vois, ô douleur!
Que pour la vérité je prends toujours l'erreur.
Je désire, je crains; soudain l'espoir m'anime;
Bientôt il m'abandonne, et le chagrin m'opprime.
Le vrai seul est mon but, c'est l'objet de mes vœux :
Le mensonge pour lui vient s'offrir à mes yeux.
Sous la forme du vrai souvent il se déguise :
Je jouis; mais bientôt j'aperçois ma méprise!
Mon état devient pire, et, dans mon désespoir,
Je veux douter de tout; je veux ne rien savoir.
Aimable vérité, me fuiras-tu sans cesse?
Ne viendras-tu jamais soulager ma tristesse?
Je brûle de te voir, d'admirer tes appas;
Je te cherche toujours, daigne guider mes pas.
Fais briller à mes yeux l'éclat de ta lumière;
Arrache le bandeau qui couvre ma paupière.
Viens, parle à mon esprit; viens consoler mon cœur :
Daigne me délivrer du doute et de l'erreur.
Le néant ne peut rien; pour douter, il faut être.
Je doute : donc je suis. Quelqu'un m'a-t-il fait naître?
Je l'ignore. Essayons de nous en assurer;
Mais allons doucement, peur de nous égarer.
D'un être, quel qu'il soit, j'ai reçu la naissance,
Ou bien c'est à moi seul que je dois l'existence;
Ou je suis éternel, et j'existai toujours.
Vérité, viens m'instruire, et vole à mon secours.
Me suis-je fait? Le croire est une erreur extrême;

Car avant d'exister j'étais le néant même.
Le néant n'agit pas, il n'a point de pouvoir :
Or, pour me donner l'être, il fallait en avoir.
Ce n'est donc pas à moi que je dois ma naissance.
Mais j'ai sur-tout ici besoin de ta présence,
O vérité ! j'invoque encore ton secours :
Daigne me révéler si j'existai toujours.
Celui qui fut toujours ne connaît point de maître :
Qu'on lui donne un égal, il peut bien disparaître ;
Il devient tout à coup un être indifférent,
Un être dont on peut se passer aisément.
Tout ce qu'on trouve en lui, son rival le possède :
Sa perte est peu de chose ; on y trouve un remède.
Pourquoi donc serait-il de toute éternité ?
C'est un être vulgaire, et sans utilité,
Un être superflu, qu'on peut très-bien exclure.
Certes, l'être éternel est d'une autre nature :
Puisqu'il est de tout tems, on ne peut s'en passer ;
Il est par lui : rien donc ne peut le remplacer.
Il est donc infini, son pouvoir est immense :
Rien ne peut résister à sa toute-puissance.
Puisqu'il n'a point d'égaux, cet être souverain,
Il sait tout, il est doux, sage, équitable, humain ;
Il trouve dans lui-même un bonheur ineffable ;
Il ne saurait changer, lui seul est immuable.
Je ne possède point tant de perfections ;
J'éprouve malgré moi mille sensations.
Un rien me rend chagrin, pour un rien je frissonne ;
Je me livre à l'espoir, et l'espoir m'abandonne ;
Je suis faible, inconstant, et sujet à l'erreur ;
Je désire, je crains, je regrète, j'ai peur ;
Je souffre, je gémis, je hais et je m'irrite ;
Je suis gai, quelquefois d'aise mon cœur palpite ;
Je veux et ne veux pas chaque objet tour à tour ;
Tantôt la nuit me plaît, et tantôt c'est le jour.

Ainsi l'éternité n'est point mon apanage :
De l'être souverain c'est l'excellent partage.
Aimable vérité, tu dessilles mes yeux;
Déchirant de l'erreur ce voile ténébreux,
Continue à m'instruire, ô vérité touchante!
Viens, et daigne assurer ma marche chancelante :
Je ne voulus jamais d'autre guide que toi;
Viens, et porte toujours ton flambeau devant moi.
Je suis : ce n'est pas moi qui me suis donné l'être;
Je ne fus pas toujours : quelqu'un m'a donc fait naître.
Mais quel est ce quelqu'un, sinon l'être éternel?
Je te bénis, ô jour à jamais solennel!
Où de la vérité j'entends l'heureux langage,
Où j'aperçois enfin les traits de son visage.
Salut, jour fortuné, qui combles tous mes vœux :
Je ne t'oublierai pas, ô jour délicieux!
C'est à l'être éternel que je dois l'existence :
Cet être est tout-puissant, infini par essence;
Il connaît le passé, le présent, l'avenir;
Il ne peut me tromper : il ne saurait mentir;
Si j'éprouve un penchant qui malgré moi m'entraîne,
Je le tiens ce penchant de sa main souveraine;
Lui seul me l'a donné, l'a gravé dans mon cœur :
Ce penchant ne peut donc m'entraîner dans l'erreur.
Or, j'éprouve en moi-même une pente invincible,
Une inclination toujours irrésistible,
Qui me force de croire à la réalité
De ce vaste Univers, plein de variété.
Qu'un étang, que la mer à mes yeux se présente :
On ne me verra point, dans ma marche imprudente,
M'avancer tout à coup au milieu de leurs flots :
Je crains d'être englouti dans le gouffre des eaux;
On ne me verra point, d'un pas ferme et tranquille,
Traverser quelque jour les volcans de Sicile.
Si vers moi tout à coup de monstrueux serpens

S'élancent, en poussant d'horribles sifflemens,
La terreur me saisit, je recule en arrière,
Je tremble, je pâlis, j'évite leur colère.
Que la foudre étincelle et tombe auprès de moi :
Je demeure immobile, et tout glacé d'effroi.
Si je suis le témoin d'un crime abominable,
Je brûle du désir de punir le coupable.
Si d'Iris j'aperçois le visage enchanteur,
Je l'admire, et soudain je sens battre mon cœur.
Chaque objet tour à tour commande ma croyance.
Celui qui m'a formé par sa toute-puissance
A donc aussi formé tous ces objets divers;
Lui seul a du néant fait sortir l'Univers.
C'est donc le Dieu puissant qu'ont adoré mes pères,
Le Dieu qui de son trône écoutait leurs prières.
Je t'adore, Dieu saint, Dieu juste et bienfaiteur :
Toi seul dorénavant posséderas mon cœur.

LA CHUTE D'ADAM ET D'ÈVE.

LIVRE I.er

Création d'Adam et d'Ève.

Je gémis dans mes vers sur le crime odieux
Que l'orgueil fit commettre à nos premiers aïeux;
Crime qui de malheurs fut pour eux un abîme,
Et dont l'espèce humaine est la triste victime.
Être infini, grand Dieu, qui formas l'Univers,
Et qui, la foudre en main, ébranles tous les airs,
Toi qui peux d'un seul mot tout réduire en poussière,
Toi dont l'ange et l'archange, éclatans de lumière,
N'adorent qu'en tremblant le pouvoir souverain,
Dis quel monstre infernal, quel esprit inhumain
Excita nos aïeux à fouler ta loi sainte,
Et bannit de leur cœur le respect et la crainte.
Seigneur, découvre-moi toute l'énormité
Du mépris qu'ils ont fait de ton autorité;
Fais voir ses traits hideux et ses couleurs affreuses,
Et peins dans mes écrits ses suites malheureuses.
Et vous, ô rejetons d'un père criminel!
Qui contre les humains irrita l'Eternel,
Venez, par vos soupirs et vos larmes amères,
Déplorer son péché, source de nos misères.
Sur-tout ne suivez pas son exemple odieux :
Craignez toujours, craignez le monarque des cieux.
De la divinité déjà la voix puissante

A tiré du néant la terre obéissante;
Déjà le soleil naît, et ses premiers rayons
Eclairent d'ici-bas les différens cantons;
Les champs, soudain couverts d'une tendre verdure,
Voient sortir mille fleurs du sein de la Nature.
Le peuplier naissant ombrage les ruisseaux,
Et le chêne déjà couronne les côteaux.
Dans les prés émaillés la brebis innocente
A de ses premiers bonds foulé l'herbe naissante;
L'oiseau naît, et soudain s'élevant dans les airs,
Anime les forêts de ses premiers concerts.
A la voix du Seigneur tout s'empresse d'éclore;
Mais le monde naissant est sans monarque encore.
Dieu parle... L'homme naît, et l'Univers charmé
Semble aussitôt sourire à ce roi bien aimé.
Le Créateur le voit d'un œil de complaisance,
Et contemple dans lui ses traits, sa ressemblance.
Il l'aime, il prend plaisir à faire son bonheur.
Du plus beau des séjours il le fait possesseur,
Et le proclame roi de toute la Nature.
Pour ce roi fortuné, la terre, sans culture,
Aimait à prodiguer ses immenses trésors.
Que n'est-elle aujourd'hui ce qu'elle était alors!
Inutile souhait!... La paix et l'abondance
N'ont pu survivre, hélas! à la douce innocence.
   Les habitans nombreux de la terre et des airs,
Tous les êtres vivans de ce vaste Univers,
Devant l'homme conduits, viennent lui rendre hommage,
Et reçoivent leurs noms de ce monarque sage.
Mais entrons un moment dans le lieu fortuné
Que Dieu pour le placer avait lui-même orné.
   Dans ces rians climats, que la brillante aurore
De ses premiers regards tous les matins honore,
Etait un beau jardin, entouré de bosquets,
Où par-tout la Nature étalait ses bienfaits.

L'Eden était alors le plus beau lieu du monde;
Il était arrosé par un fleuve dont l'onde
Roulait un sable d'or entre deux bords charmans,
Qu'ombrageaient à l'envi les cèdres odorans.
Ce lieu délicieux, ce séjour agréable,
De nos premiers parens fut la retraite aimable.
Dans ce vaste jardin les arbres les plus beaux
Semblaient en se courbant, et penchant leurs rameaux,
Inviter à cueillir de leurs fruits innombrables,
Qui flattaient autant l'œil qu'ils étaient délectables,
Un printems éternel régnait dans ce jardin,
Et le ciel en tous tems était pur et serein.
Loin de là l'aquilon exerçait son empire :
Ce lieu n'était connu que du tendre zéphyre,
Qui d'une aile légère, en caressant les fleurs,
Se plaisait à ravir leurs suaves odeurs.
Loin de là résidaient la tristesse et l'envie;
Les soucis loin de là choisirent leur patrie;
La guerre n'y troublait jamais les animaux;
Sans crainte près du loup bondissaient les agneaux;
Le lion rugissant était doux et paisible,
Et le tigre était même aux caresses sensible.
La vieillesse au dos courbe, à l'œil sombre et chagrin,
Ne devait point d'Adam rider le front divin.
Un arbre précieux, nommé l'Arbre de vie,
Avait le privilége, ô merveille inouie!
D'éterniser le cours de ses jours innocens,
Et de sauver ses traits des outrages du tems.
A sa félicité rien ne portait atteinte;
Il ne connaissait point la douleur ni la crainte.
Enfin, ce lieu pour l'homme était rempli d'appas.
Les plaisirs les plus purs voltigeaient sur ses pas;
Mais il avait besoin d'une compagne aimable.
Dieu va bientôt lui faire un don si désirable.
Il commande au sommeil de lui fermer les yeux,

Et pendant son repos (spectacle merveilleux!)
Il détache une côte, et de sa main puissante
Il en forme aussitôt une femme charmante.
Zéphyre se jouait dans ses cheveux flottans;
La douceur était peinte en ses yeux ravissans,
L'innocente pudeur, par un doux assemblage,
Avait uni la rose aux lys de son visage;
Sa taille était légère, et la simplicité
Rendait plus vif encor l'éclat de sa beauté.
Adam s'éveille... Il voit sa compagne admirable,
Et présentant la main à cette femme aimable,
Voici l'os de mes os, dit-il avec amour.
L'homme abandonnera ceux dont il tient le jour,
Pour s'unir à l'objet que Dieu pour lui fit naître,
Et tous les deux dès lors ne feront qu'un seul être.
Dieu voit avec plaisir cette belle union,
Et répandant sur eux sa bénédiction,
Régnez, dit-il, régnez sur toute la Nature;
Que tous les animaux, que toute créature
Aime à vous obéir. J'ai tout créé pour vous.
Vivez tous deux en paix; vivez, tendres époux.

LIVRE II.

Désobéissance d'Ève.

Du premier des humains l'épouse fortunée,
A peine aux premiers jours d'un heureux hyménée,
Commençait à jouir des biens que l'Eternel
Versait à pleines mains sur ce couple immortel.
Ses jours coulaient en paix, et, dans son bel asyle,
Tout était fait pour plaire à son ame tranquille;
Tout aimait en un mot à sourire à ses vœux.
Qui pourrait exprimer l'état délicieux
De ces époux chéris du ciel et de la terre,
Quand Lucifer jura de leur faire la guerre?
Cet esprit infernal dans le ciel autrefois
Tenait le premier rang après le Roi des rois.
Que ne devait-il pas à la bonté divine?
Comblé par le Très-Haut, depuis son origine,
Des bienfaits les plus grands, des plus rares faveurs,
Il brillait de l'éclat des plus vives splendeurs.
Mais bientôt devenu tout enflé de lui-même,
Il ose s'égaler à ce maître suprême.
Que dis-je? Il veut ravir à la divinité
Le sceptre qu'elle tient de toute éternité...
Mais soudain l'insensé fut puni de son crime.
Précipité du ciel dans l'éternel abîme,
Il y souffre à jamais d'effroyables tourmens,
Aliment immortel des feux les plus ardens.
Ainsi l'affreux tyran qui désola la France,
Et qui voulait du Monde usurper la puissance,

Chassé de nos climats, dont il fut la terreur,
Reconnaît malgré lui qu'il est un Dieu vengeur.
Dans les sombres cachots où l'a plongé son crime,
Lucifer est en proie au chagrin qui l'opprime.
Le cruel! il ne peut, sans frémir de fureur,
Voir ces tendres époux au sein du vrai bonheur;
Mais il sent redoubler sa colère et sa rage,
Quand il songe qu'un jour ils auront en partage
Les trésors infinis qu'il possédait aux cieux,
Et dont le souvenir le rend si malheureux.
Dans l'affreux désespoir qui sans cesse l'accable,
De son trône de feu, digne d'un tel coupable,
L'infâme Lucifer, ce prince des démons,
Leur adresse ces mots : « Illustres compagnons,
» Vous qui de l'Eternel méprisant la colère,
» Vous unîtes à moi pour lui livrer la guerre,
» Nous avons succombé; mais il est glorieux
» D'avoir osé tenter la conquête des cieux.
» Si Dieu put nous punir d'une telle entreprise,
» Qu'il sache qu'aux enfers toujours on le méprise.
» Pour nous avoir vaincus, nous aurait-il soumis?
» Non; mais qu'il trouve en nous toujours des ennemis.
» Illustres compagnons, qu'avons-nous donc à craindre?
» De plus affreux tourmens pourraient-ils nous atteindre?
» Après tous les fléaux qu'inventa son courroux,
» Quels maux Dieu pourrait-il susciter contre nous?
» Rions-nous désormais de sa vaine colère,
» Et voyons, sans pâlir, les éclats du tonnerre.
» Si de le détrôner nous n'avons plus l'espoir,
» De tromper ses desseins faisons-nous un devoir :
» Outrageons-le sans cesse, et tâchons qu'on l'outrage;
» En nous ôtant l'espoir, il nous laissa la rage :
» Tournons-la contre ceux qui l'ont pour protecteur,
» Du malheureux la rage est l'unique bonheur.
» Qu'il apprenne, ce Dieu, quels ennemis nous sommes....

» Enflé de sa victoire, il a créé les hommes!
» Il les aime, et se plaît à combler leurs souhaits.
» Ils goûtent, dans Eden, le bonheur et la paix,
» Et doivent même au ciel obtenir notre place....
» Jurons de nous armer contre l'humaine race :
» Qu'elle outrage le Dieu dont elle a la faveur,
» Et, comme nous, bientôt éprouve sa fureur.
» Dieu chérit les humains; dès lors je les déteste.
» Dans leur séjour charmant est un arbre funeste
» Dont Dieu leur défendit les fruits pernicieux,
» Auxquels il attacha des châtimens affreux.
» Tous les fruits, leur dit-il, de ce bel héritage
» Sont à vous; vous pouvez en faire un libre usage.
» Mais afin d'éprouver votre fidélité,
» Parmi ces fruits nombreux, un seul est excepté;
» Un seul..... et c'est le fruit de cet arbre funeste.
» Si vous en disposez contre l'ordre céleste,
» Vous mourrez..... Vos enfans, partageant votre sort,
» Seront tous, comme vous, destinés à la mort.
» Hé bien! que les humains, payant d'ingratitude
» Le Dieu qui de leurs cœurs bannit l'inquiétude,
» Foulent aux pieds la loi de ce Dieu protecteur.
» Armons-les, s'il se peut, contre leur Créateur.
» Mais qui mieux que toi-même, aimable Flatterie,
» Conduira ce dessein? Vole dans leur patrie,
» Triomphe de leurs cœurs, et reviens parmi nous.
» Va, ton heureux succès nous intéresse tous ».
A cet affreux discours les démons applaudissent;
D'un murmure effrayant les enfers retentissent.
Déjà la Flatterie abandonne ces lieux,
Et vole au doux séjour de nos premiers aïeux.
Là, ce monstre infernal médite leur ruine,
Et veut les révolter contre la loi divine.
Près de l'arbre funeste, étant donc un matin,
Pour tâcher d'accomplir cet horrible dessein,

Il aperçoit d'Adam l'épouse tendre et pure,
Qui se promenait seule, admirant la Nature.
Le cruel! aussitôt il se change en serpent,
Et pour mieux triompher de son cœur innocent,
Il fait entendre alors cette voix séduisante :
« Reine de l'Univers, ô beauté ravissante!
» Salut. Vivez en paix dans ce séjour heureux;
» C'est pour vous qu'il produit des fruits délicieux.
» Cependant, je ne sais quelle crainte futile
» Vous fait avoir horreur de cet arbre fertile.
» Les fruits en sont exquis : regardez leurs couleurs,
» Et jugez de leur goût par leurs douces odeurs ».
Au lieu de rejeter cette voix hypocrite,
Eve l'écoute, hélas! et bientôt est séduite.
« Dieu nous défend, dit-elle à l'esprit ténébreux,
» De disposer jamais de ces fruits dangereux
» Dont vous faites l'éloge et vantez l'excellence.
» Nous n'osons en cueillir d'après cette défense,
» De crainte qu'aussitôt, par un funeste sort,
» Ces fruits empoisonnés ne nous donnent la mort ».
— « Eux, vous donner la mort? dit-il, avec malice :
» Ne le croyez jamais; ce n'est qu'un artifice.
» Dieu sait bien qu'en mangeant de ces fruits merveilleux,
» Vous-mêmes vous seriez semblables à des dieux;
» Que vos yeux aussitôt, ouverts à la lumière,
» A l'aide du flambeau qui le guide et l'éclaire,
» Verraient, comme lui-même, et le bien et le mal ».
Eve trompée, hélas! par ce discours fatal,
Considère de près cet arbre détestable;
Et les fruits paraissant d'un goût très-agréable,
Insensée! elle y porte une tremblante main.
La crainte, toutefois, de l'Etre souverain
La retient un moment; mais le désir augmente,
Et la rend infidèle et désobéissante.
Le monstre satisfait sourit d'un air moqueur;

Et laissant Eve, hélas ! au comble du malheur,
Il s'enfuit avec joie au ténébreux abîme,
Et quitte ce séjour infecté par son crime.
Ses affreux compagnons rugissent de plaisir :
L'on entend des enfers les antres retentir;
Lucifer, avec lui, partage sa couronne.
Depuis la Flatterie est toujours près du trône....

LIVRE III.

Désobéissance d'Adam. Ève et lui sont chassés du Paradis terrestre.

Non contente d'avoir enfreint la sainte loi
Du Dieu qui la créa, de son auguste roi,
Ève, sans redouter sa majesté suprême,
Dans son crime fatal entraîne Adam lui-même.
Elle ose lui porter de ce fruit odieux,
Et le lui présentant d'un air officieux,
Elle fait tant, hélas! que cet époux trop tendre
Se rend à sa prière et consent à le prendre.
Mais à peine, au mépris du précepte divin,
Eut-il mangé ce fruit, funeste au genre humain,
Que Dieu leur enlevant la robe d'innocence,
Qui les parait alors avec tant de décence,
Découvrit à leurs yeux leur triste nudité,
Suite et premier effet de leur iniquité.
Pâles, tremblans, honteux, confus à cette vue,
Et gémissant en vain sur leur beauté perdue,
Ils se cachent, remplis de remords déchirans,
Et pour couvrir du corps les endroits indécens,
Ils se font de feuillage une large ceinture.
Quel mortel pourrait faire une exacte peinture
De l'effroi qui saisit ce couple infortuné,
Quand Dieu paraît soudain, d'éclairs environné?
Ah! ce n'est plus ce Dieu dont la douce présence
Charmait ce bel asyle, où régnait l'innocence :
C'est un Dieu redoutable, un Dieu juste et vengeur,

Un Dieu qui dans ce lieu vient porter la terreur.
Le tonnerre en grondant agite l'atmosphère,
L'aquilon se déchaîne; on voit trembler la terre.
Des nuages épais ont obscurci les cieux;
Le soleil est couvert de voiles ténébreux.
« Adam, Adam, Adam, » d'une voix formidable,
S'écrie alors ce Dieu si grand, si redoutable.
Adam n'osait rien dire; Adam s'était caché :
Il savait que le ciel connaissait son péché.
Mais à la fin, craignant d'irriter davantage
Le Très-Haut, dont son crime avait souillé l'image,
« Me voici, répond-il; que voulez-vous, Seigneur ? »
Il dit ces mots d'un air qui décelait sa peur.
— « Pourquoi donc à ma voix vous montrez-vous rebelle,
» En ne répondant pas lorsque je vous appèle ? »
— « Je suis nu; je n'osais paraître devant vous.
» J'évitais vos regards, craignant votre courroux ».
— « Vous craignez mon courroux, ingrat! et ma tendresse
» Des plus douces faveurs vous a comblé sans cesse.....
» Perfide! Vous craignez un père, un bienfaiteur.....
» Mais je sais le motif d'une telle frayeur.
» Je vous avais permis de faire un libre usage
» Des fruits délicieux de ce bel héritage.
» Je n'en exceptai qu'un; mais, ô vil criminel !
» Vous avez méprisé la loi de l'Eternel ».
— « Seigneur, si j'ai mangé de ce fruit détestable,
» Je suis plus malheureux que je ne suis coupable.
» Eve, en m'en présentant, m'a prié d'y goûter;
» Je l'adorais, Seigneur : comment lui résister ?
A ces mots, l'Eternel, d'une voix menaçante :
« Quoi! vous avez, dit-il, femme injuste et méchante,
» Osé désobéir à votre Créateur!.....
» N'avez-vous pas toujours éprouvé ma faveur ?
» N'avez-vous pas en moi le père le plus tendre ?
» A tant d'ingratitude aurais-je dû m'attendre ? »

— « Si j'ai péché, Seigneur, dit Eve en rougissant,
» J'ai suivi les conseils du perfide serpent ;
» C'est lui qui m'a séduite, et lui seul est coupable ».
Sur le serpent Dieu jette un coup-d'œil redoutable :
« Je te maudis, dit-il, ennemi de la paix ;
» Condamné par mon ordre à ramper désormais,
» Je veux qu'entre la femme et toi, bête inhumaine,
» Il règne pour toujours une implacable haine.
» Un jour on la verra, d'un air victorieux,
» Ecraser sous ses pieds ton front audacieux.
» Et vous, dit ce grand Dieu, que ma main paternelle
» Aimait à protéger, femme ingrate et rebelle,
» De mon juste courroux ressentez les effets :
» Indigne maintenant de mes rares bienfaits,
» Vous n'avez pas rougi de commettre le crime ;
» Hé bien ! vous méritez d'en être la victime.
» Vous aurez à souffrir les plus rudes tourmens
» Pour mettre au monde, hélas ! d'infortunés enfans.
» L'homme aura toujours droit à votre obéissance :
» Vous serez désormais soumise à sa puissance.
» Pour vous, qui craignez moins d'offenser l'Eternel
» Que votre femme, époux et faible et criminel,
» Ecoutez aujourd'hui cet arrêt redoutable
» Du Dieu de l'Univers, d'un juge inexorable :
» Je maudirai la terre où vous habiterez ;
» De travaux, de sueurs, vous vous y nourrirez.
» Je la hérisserai de ronces et d'épines
» Qui jèteront par-tout de profondes racines,
» Vous serez obligé de déchirer son sein
» Jusqu'au jour de la mort, jour fatal, incertain,
» Où vous retournerez dans cette même terre
» D'où je vous fis sortir, misérable poussière ».
Après avoir prédit tant de maux alarmans,
Dieu les vêtit de peaux, pénibles ornemens ;
Et pour leur faire voir leur crime et leur folie,

Il se rit de leur sort ; et, d'un ton d'ironie :
» Vous voilà donc, dit-il, semblables à des dieux :
» Le bien, comme le mal, est présent à vos yeux ».
Il dit, et tout à coup, du milieu de la nue,
Un ange aux aîles d'or vient s'offrir à leur vue.
Cet ange, ayant en main un glaive étincelant,
Se dirige vers eux, et, d'un air menaçant,
Il poursuit et bannit de ce lieu plein de charmes,
Ces époux effrayés et tout baignés de larmes.
Ensuite, pour garder ce fortuné séjour,
Il se place à l'entrée, et veille nuit et jour.

LA NUIT.

La Nuit silencieuse obscurcit la Nature :
Déjà tous les objets ont perdu leur parure.
Le vent ne souffle plus ; tout est dans le repos,
Le sommeil pacifique étale ses pavots.
La Nuit, en s'avançant, a chassé la lumière ;
Mais ses voiles épais ont rafraîchi la terre,
Et si les fleurs, par elle, ont perdu leurs couleurs,
Elle augmente du moins leurs charmantes odeurs.
L'abeille industrieuse a quitté nos prairies ;
L'agneau ne bondit plus sur les herbes fleuries ;
Des pipeaux du berger je n'entends plus les sons,
Et déjà les oiseaux ont cessé leurs chansons.
Le tendre rossignol, tandis que tout sommeille,
De ses chants délicats frappe seul mon oreille.
Le laboureur actif a fini ses travaux,
Près de sa douce amie il goûte le repos.
Je ne vois plus bondir, sur la verte fougère,
De nos jeunes amans la troupe si légère :
La Nuit les a chassés de ces côteaux rians,
Témoins de leurs plaisirs, de leurs jeux innocens.

Le Dieu qui créa tout, et dont la providence
Toujours sur les humains veille avec complaisance,
Ce Dieu, dans sa sagesse, a voulu que la Nuit
Présidât au sommeil, qui déteste le bruit.
La Nuit sait obéir à cet ordre suprême,
Et remplit son devoir avec un zèle extrême.

Sage, et toujours à l'homme annonçant son retour,
Ce n'est que par degrés qu'elle affaiblit le jour.
On ne la voit jamais, d'un air brusque et colère,
A nos yeux étonnés éteindre la lumière;
Mais loin de nous surprendre, elle vient à pas lents,
Et nous laisse achever nos travaux importans.
Quand l'homme est averti, la Nuit double ses ombres,
Et sur la terre enfin étend ses voiles sombres.
Elle a soin d'écarter le bruit de son séjour,
Lorsque se délassant des fatigues du jour,
L'homme repose et goûte un sommeil salutaire :
Un calme universel règne alors sur la terre.
L'homme dort, et la Nuit assurant son repos,
Impose le silence à tous les animaux;
Les vents sont enchaînés, et chaque créature
Respecte le sommeil du roi de la nature.

Si, pour nous procurer ce paisible sommeil,
La Nuit a remplacé le flambeau du soleil,
Notre séjour n'est pas dépourvu de lumière :
Souvent la lune alors vient éclairer la terre.
Ses rayons affaiblis guident le voyageur,
Sans altérer de l'air l'agréable fraîcheur.
Souvent même la Nuit a parsemé d'étoiles
Et son modeste char, et l'azur de ses voiles.
Que dis-je? Quelquefois j'aperçois mille feux
Qui voltigent dans l'air, et qui charment mes yeux;
Mille petits flambeaux, dispersés sur la terre,
Font briller quelquefois la plus douce lumière.

LE DE PROFUNDIS.

De l'abîme profond où m'a plongé mon crime,
J'élève, ô Dieu d'amour ! vers vous des cris touchans.
Mon péché me tourmente ; il m'accable, il m'opprime,
Seigneur, soyez sensible à mes tristes accens.
  Prêtez, mon Dieu, prêtez une oreille attentive
Aux prières que fait votre humble serviteur.
Ah ! daignez écouter la voix faible et plaintive
D'un cœur vraiment contrit et brisé de douleur.
  Si vous examinez nos crimes, nos offenses,
Quels justes devant vous paraîtront innocens,
Et quels pécheurs pourront, malgré leurs pénitences,
Soutenir, ô mon Dieu ! vos regards foudroyans ?
  Mais, ô Dieu de bonté ! loin d'aimer la vengeance,
Le repentir sincère est sûr de vous fléchir.
J'ose donc mettre en vous toute ma confiance :
Votre loi me l'ordonne, il m'est doux d'obéir.
  Mon ame toute entière espère en la promesse
Dont le maître du monde a daigné l'honorer ;
Mon ame espère en Dieu, dès sa tendre jeunesse ;
Jusqu'au dernier soupir elle y veut espérer.
  Qu'Israël au Seigneur espère dès l'aurore ;
Et quand la sombre nuit obscurcit ce bas lieu,
Israël en lui seul doit espérer encore ;
Pourrait-il espérer en d'autres qu'en son Dieu ?
  Il est plein de douceur : c'est un Dieu de clémence ;
Il aime à faire grâce aux cœurs vraiment touchés.
C'est à lui qu'Israël devra sa délivrance ;
Il le purifiera de ses nombreux péchés.

ÉGLOGUE.

Philis près d'un ruisseau dont Flore ornait la rive,
Soupirait un air tendre, en pleurant son amant.
Les échos répétaient sa romance plaintive;
Le ruisseau, pour l'ouïr, coulait plus doucement.
« Hôtes de ces bosquets, témoins de ma tendresse,
» Oiseaux, dont les concerts célébraient notre amour,
» Je n'ai plus Coridon..... Chassé par la tristesse,
» Avec lui le bonheur a quitté ce séjour.
» Un tyran plus cruel que le tigre sauvage,
» Jaloux de nos plaisirs, m'a ravi mon berger.
» Ennemi des humains, altéré de carnage,
» Ce monstre l'a ravi pour le faire égorger.
» Qu'es-tu donc devenu, berger tendre et fidèle,
» Dont le cœur innocent brûlait des plus doux feux?
» Peut-être..... ah! je frémis..... La parque criminelle
» M'a privée à jamais de l'objet de mes vœux.
» Juste ciel! prends pitié d'une amante éplorée,
» Rends-moi le plus charmant des bergers du canton.
» Finis mes maux, grand Dieu! Philis désespérée
» Te demande la mort, ou son cher Coridon.
» Mais que vois-je? Est-ce toi, dont l'absence fatale
» Tourmentait ta Philis et la nuit et le jour?
» Sans toi j'allais, hélas! passer l'onde infernale;
» Ton amante expirait, victime de l'amour.
— « Réjouis-toi, Philis, nous n'aurons plus de peine,
» L'ennemi des mortels fuit loin de nos climats;
» Louis est de retour : c'est lui qui me ramène.
» La paix et le bonheur accompagnent ses pas ».

CHANSON.

Air : *Bon voyage, cher Dumolet.*

Vide un verre
A la santé
De Louis, ce monarque débonnaire.
Vide un verre
A la santé
De ce Roi sage et rempli de bonté.

C'est Louis seul qui sauva notre France;
C'est lui qui nous a comblés de bienfaits;
C'est un Roi juste, un Roi plein de clémence;
C'est à lui seul que nous devons la paix.
Vide un verre, etc.

De notre Roi j'aime le cœur sublime :
Ce prince auguste imite ses aïeux.
Par-tout on dit : C'est un Roi magnanime.
On le dira par-tout chez nos neveux.
Vide un verre, etc.

Que ce monarque est grand quand il pardonne!
Dans le malheur qu'il a de fermeté!
Du grand Henri s'il possède le trône,
Comme Henri, c'est qu'il l'a mérité.
Vide un verre, etc.

De ses sujets ce monarque est le père;
Témoin la Charte, si chère aux Français.
De sa bonté ce gage salutaire,
Quoi qu'on ait dit, ne périra jamais.
Vide un verre, etc.

Au grand Louis si toujours j'aime à boire,
Si j'aime à répéter son nom chéri,
C'est que Louis sans cesse à ma mémoire
Retrace les vertus du bon Henri.
Vide un verre, etc.

Avec plaisir, Louis, pour ta défense,
(Dieu le sait bien,) je verserais mon sang.
Prince adoré, tous les Français, je pense,
S'empresseraient aussi d'en faire autant.
Vide un verre
A la santé
De Louis, ce monarque débonnaire,
Vide un verre
A la santé
De ce roi sage et rempli de bonté.

AUTRE.

Vive le Roi! vive la France!
Vivent la Charte et ses bienfaits!
Vivez Bourbons, notre espérance!
Vivent la concorde et la paix!
Que la plus douce confiance
Règne parmi nous à jamais!
Qu'on rompe par-tout le silence
Pour chanter : Vivent les Français!

Vive l'étendard de la gloire
Qui flottait aux plaines d'Yvri!
Il est chéri de la victoire :
C'était l'étendard de Henri.
A ce nom d'heureuse mémoire,

Et de tous les Français béni,
Je m'écrie : Amis, vîte à boire,
Le grand Henri buvait aussi.

Si quelque puissance ennemie
Prenait les armes contre nous,
Pour te défendre, ô ma patrie!
Louis nous verrait voler tous.
La bravoure est l'heureux partage
De tous ses fidèles sujets.
Plus d'un peuple craint leur courage.
Vive, vive l'honneur français!

AUTRE.

Au diable l'affreuse tristesse,
Au teint pâle, à l'œil enfoncé;
Au diable la sombre sagesse,
Qui va toujours le front baissé.
Au diable l'étique Héraclite :
Je n'en veux point à ce festin;
Mais pour toi, joyeux Démocrite,
Viens boire avec nous de bon vin.

Au diable l'odieux avare,
Qui grossit toujours son trésor,
Et dont l'ame injuste et barbare
Ne s'occupe que de son or.
Fuyons cet être misérable
Qui de lui-même est le bourreau :
Il est ennemi de la table,
Et ne boit jamais que de l'eau.

Au diable le savant sauvage,
Chargé de grec et de latin,
Qui, pensant que lui seul est sage,
Méprise tout le genre humain.
Au diable celui qui sans cesse
Ne respire que les grandeurs.
Pour nous, amis de l'allégresse,
Préférons le vin aux honneurs.

CANTIQUE DE MOÏSE.

Je chanterai toujours le dieu de ma Patrie :
Aux yeux de l'Univers son nom vient de briller;
Il a précipité dans la mer en furie
Cheval et cavalier.

Lui seul est mon salut, ma force, mon courage :
De lui seul je me plais à chanter la grandeur.
C'est lui qui m'a sauvé de la cruelle rage
D'un roi persécuteur.

Le Seigneur est mon dieu, j'annoncerai sa gloire;
C'est le dieu de mon père et de tous mes aïeux;
Je publierai son nom, si cher à ma mémoire,
En tout tems en tous lieux.

Le Seigneur a daigné prendre notre défense;
Son nom est Jehova : lui seul est notre appui.
Comme un guerrier soudain je le vois qui s'avance,
La mort auprès de lui.

Il paraît, et soudain ce guerrier invincible
Submerge Pharaon dans le gouffre des eaux;
Princes, soldats et chars, tout, par son bras terrible,
Est plongé dans les flots.

Tout-à-coup la Mer rouge engloutit ces victimes :
Dieu les ensevelit sous les flots écumeux.
Comme une pierre on voit, jusqu'au fond des abîmes,
Tomber ces orgueilleux.

Ton bras a déployé sa force irrésistible,
Il a brisé, grand Dieu ! l'ennemi terrassé.
Il marchait contre toi, cet ennemi terrible,
Ton bras l'a renversé.

Ta colère, Seigneur, dévore comme une herbe
Ces mortels orgueilleux que ton bras a vaincus.
Il triomphait déjà cet ennemi superbe :
Tu parais, il n'est plus.

Ta fureur se déchaîne, et les ondes émues
Se divisent soudain en deux monts écumeux;
Le flot s'arrête : on voit les vagues suspendues
S'élever jusqu'au cieux.

L'ennemi se flattait, avide de carnage :
« Je les tiens, disait-il, je vais fondre sur eux,
» J'assouvirai bientôt ma fureur et ma rage
» Sur ce peuple odieux.

» Nous allons partager leurs dépouilles sanglantes;
» Glaives préparez-vous à leur percer le flanc :
» Ils n'échapperont plus à nos mains triomphantes,
» Baignons-nous dans leur sang ».

Tu souffles, et soudain jusqu'au fond des abîmes,
Comme un morceau de plomb avec force lancé,
Ils tombent, et les flots submergent ces victimes
D'un orgueil insensé.

Quels dieux pourraient jamais imiter tes miracles ?
Qui pourrait égaler, Seigneur, ta majesté ?
Ton pouvoir infini ne connaît point d'obstacles,
O Dieu de sainteté !

Tu veux qu'avec frayeur par-tout on te révère :
Malheur à qui se rit de ton juste courroux.....
Ta main s'est étendue, et tout à coup la terre
Les a dévorés tous.

Tu rachètes ton peuple, et toi-même es son guide :
Sur tes ailes, Seigneur, tu portes tes enfans.
De ta demeure sainte, où le bonheur réside,
Tu les fais habitans.

Les peuples l'apprendront et frémiront de rage :
Ceux de la Palestine en seront consternés ;
Mais ils voudront en vain s'opposer au passage
Des Hébreux fortunés.

Le trouble saisira les chefs de l'Idumée ;
Les princes de Moab seront remplis d'effroi,
Et des Chananéens la redoutable armée
Tremblera devant toi.

La terreur glacera ces guerriers inutiles,
Et malgré leur fureur ils ne sauront marcher ;
Ton bras, Seigneur, rendra ces peuples immobiles,
Comme un vaste rocher.

Les Hébreux, Dieu puissant, ce peuple, ton partage,
Sans obstacle au milieu de ces fiers ennemis,
S'avanceront bientôt vers le bel héritage
Que tu nous as promis.

Tu conduiras ton peuple à cette heureuse terre ;
De la montagne sainte il sera possesseur.
Oui, tu l'affermiras dans ce beau sanctuaire
Qui t'a pour fondateur.

Le Monde finira : le tems a ses limites ;
Mais Dieu sera toujours, son règne est éternel,
Son bras a submergé les troupes interdites
Et leur roi criminel.

L'orgueilleux Pharaon vient d'expier ses crimes;
Hommes, coursiers et chars sont entrés dans la mer.
A la voix du Seigneur on a vu les abîmes
Sur eux se refermer.

Ils brûlaient d'assouvir leur fureur et leur rage;
Dieu les frappe : à l'instant ils tombent sous les flots.
Mais la mer nous respecte, et nous ouvre un passage
Au milieu de ses eaux.

LE BONHEUR.

Dès le berceau l'homme soupire
Sans relâche après le bonheur;
Il le cherche tant qu'il respire,
Et le poursuit avec ardeur.
L'un le confond avec la gloire
Qui résulte de la victoire,
Et ne rêve que les combats;
L'autre le plaçant sur le trône,
Tyran, usurpe une couronne;
Mais tous deux ne le trouvent pas.
L'avare pense qu'il réside
Dans la possession de l'or;
Et sans cesse son ame avide
Entasse trésor sur trésor.
Le dissipateur, au contraire,
Croit qu'on n'est heureux sur la terre
Qu'en semant l'argent sous ses pas.
Mais celui-ci, comme l'avare,
En cherchant le bonheur s'égare,
Et tous deux ne le trouvent pas.

L'ivrogne prétend que l'ivresse
Est le véritable bonheur ;
L'amant soutient que sans maîtresse
Tout n'est qu'ennui, chagrin, douleur.
Pour celui-ci c'est la science,
Et pour cet autre la vengeance,
Qui rendent heureux ici-bas.
Mais tous ont-ils ce qu'ils désirent ?
Vous les entendez qui soupirent
Après le bonheur qu'ils n'ont pas.

O toi ! qui du tyran, ton maître,
Vantais la gloire et la grandeur,
Et qui prétendais qu'aucun être
N'eut jamais autant de bonheur,
Enfin te voilà sur le trône,
Denys te cède sa couronne
Et les rênes de ses états.
Es-tu content de ce partage ?
Non ; mais je lis sur ton visage,
Qu'au bonheur tu ne parviens pas.

Caïn, dans le sang de ton frère
Pourquoi rougissais-tu ta main ?
Pourquoi détruisais-tu ta mère,
Néron, fléau du genre humain ?
Le bonheur (ô chose incroyable !)
Vous paraissait inséparable
Des plus horribles attentats ;
Mais plus punis que vos victimes,
Cruels ! effrayé de vos crimes,
Le bonheur vous fuit à grands pas.

Mais toi, paisible anachorète,
Pourquoi cherches-tu les déserts ?
Quel plaisir t'offre la retraite ?
— J'y cherche le Dieu que je sers,
Me réponds-tu : c'est loin du monde

Que l'on goûte une paix profonde.
Le monde a de tristes appas.
Ici, libre d'inquiétude,
La vertu seule est mon étude,
Et le bonheur me tend les bras.
  Le bonheur est dans l'apanage
De l'homme juste et vertueux ;
Si la vertu n'est mon partage,
Je ne puis jamais être heureux.
Plaisirs, bonneurs, pouvoir, richesses,
Je ne veux point de vos promesses,
Le bonheur ne vous aime pas.
Mais la vertu seule a des charmes ;
Avec elle on est sans alarmes,
Et le bonheur vous tend les bras.

PLAINTE D'UN PÈRE
RÉDUIT A L'INDIGENCE.

Du pain ! hélas ! toujours cette triste pensée
M'éveille le matin, m'occupe la journée,
Me suit dans mes travaux et m'accompagne au lit.....
Quel spectacle affligeant, quand je vois mon petit
Demander en pleurant, à son malheureux père,
Un morceau de ce pain que l'affreuse misère
Refusera bientôt à ses cris enfantins !
Épargnez-moi ces maux, trop rigoureux destins !
Et toi, ma bonne amie, ô mère infortunée !
De combien de douleurs ta belle ame est navrée !
De ton enfant chéri l'aspect te fait gémir.....
Il sourit..... et ton cœur pousse un profond soupir.....
Hélas ! tu prévois bien que l'affreuse indigence
Poursuivra cet enfant sans aucune indulgence.

IMITATION D'OVIDE.

Je ne sais quel penchant (que la nature inspire),
L'homme a pour le pays qui lui donna le jour.
S'il s'en éloigne, hélas ! il gémit, il soupire :
Le tendre souvenir de son premier séjour
Le suit et l'occupe sans cesse,
Et le seul espoir du retour
Peut consoler son cœur plongé dans la tristesse.

SUR L'EXISTENCE DE DIEU.

Il est un Dieu :
C'est lui dont la voix fit éclore
Le ciel, l'onde, la terre et les êtres divers.
D'un seul mot il créa cet immense Univers,
Et lui seul le conserve encore :
Il est un Dieu.

Il est un Dieu :
C'est lui dont la bonté suprême
Pour nous seuls a formé tant d'êtres différens.
Il prend soin de nos jours, nous comble de présens ;
Tout nous annonce qu'il nous aime :
Il est un Dieu.

Il est un Dieu :
Les cieux et chaque créature
Racontent sa sagesse, annoncent sa grandeur.
L'Univers, en un mot, célèbre son auteur,
Et tout nous dit dans la Nature :
Il est un Dieu.

Il est un Dieu :
O toi ! dont la voix mensongère
Ose nous assurer que Dieu n'existe pas,
Tout le dément : l'insecte, en rampant sous tes pas,
Te dit : Regarde et considère,
Il est un Dieu.

Il est un Dieu :
En lui toujours mon ame espère :
Il récompensera le juste infortuné.
Si des maux les plus grands je suis environné,
Je dis, au fort de ma misère,
Il est un Dieu.

Il est un Dieu :
Craignez sa puissance infinie,
Vous qui foulez aux pieds ses décrets éternels ;
Méchans, qui profanez ses temples, ses autels,
Songez qu'en dépit de l'impie,
Il est un Dieu.

ODE.

DANS ma tranquille solitude
Je vois couler mes heureux jours,
Sans que la moindre inquiétude
En ternisse jamais le cours.

Jamais la tristesse importune
Ne vient ici troubler mon cœur.
Je vis content, et la fortune
Ne m'a point pour adorateur.

A cette déesse légère
Je ne veux point offrir d'encens.
Loin de tirer de la misère,
Elle y jète par ses présens.

FABLE.

LE LOUP ET LA GRUE.

Un jour un loup, mourant de faim,
Rencontre une brebis. Oh! oh! dit-il, enfin
Je m'en vais faire bonne chère.
Ma foi, vous allez, ma commère,
Me décarêmer ce matin.
Aussitôt l'animal avide
Fond sur cette brebis timide
Et vous l'étrangle tout de bon.
Il se repaît de sa chair palpitante.
Mais, par malheur pour ce glouton,
Un os dans sa gueule béante,
Un os qu'il dévorait, s'arrête incontinent,
Et lui cause un rude tourment.
Il fait pour l'avaler maint effort inutile;
Il se travaille envain : cet os reste immobile.
Il est au désespoir, il pousse maint soupir,
Et commence à se repentir
De son avidité brutale.
Faut-il, si jeune encor, passer l'onde infernale!
Si je pouvais du moins trouver quelque animal
Qui me délivrât de ce mal.....
Mais, hélas! qui voudra me rendre ce service?
D'ailleurs à supplier pourrai-je m'abaisser,
Pour qu'on vienne me repousser?
Non, il vaut mieux que je périsse.....
Cependant la douleur augmente, et notre loup
Ne peut plus résister : il consent tout à coup

A faire mainte prière
A plus d'un animal, qui rit de sa misère.
Que faire? Il voit la grue, et la prie humblement
De le délivrer du tourment
Que depuis long-tems il endure;
Il la supplie, il la conjure
D'avoir pitié de son malheur.
Que voulez-vous, dit-il, parlez? Sur mon honneur
Je vous le donnerai, pour un si grand service!
La grue hésite..... Enfin elle se rend, et glisse
Fort adroitement son long cou
Dans la gueule du pauvre loup.
Avec son bec elle saisit et tire
Cet os, qui faisait le martyre
Du loup bientôt agonisant.
Puis, pour ce service important,
Elle demande récompense.
Mais le loup, d'un ton d'arrogance,
Quoi! dit-il, tu veux un présent,
Ingrate! je pouvais t'étrangler dans l'instant,
Je t'ai laissé la vie, et tu n'es pas contente!
Fuis loin de moi, bête insolente.

Jam lucis orto sidere, etc.

DÉJA l'astre du jour commence sa carrière,
Et lance obliquement ses rayons ici-bas.
Conjurons le Seigneur, éternelle lumière,
D'éclairer tous nos pas.

Que ce Dieu tout-puissant aujourd'hui nous anime
A mettre à notre langue un invincible frein;
Et, propice à nos vœux, qu'il fasse qu'aucun crime
Ne souille notre main.

D'inutiles pensers qu'il préserve nos ames;
Que nos bouches par lui soient du vrai le séjour;
Qu'il consume nos cœurs des plus ardentes flammes
De son divin amour.

O Sauveur des humains ! pendant cette journée,
Rends de notre ennemi les efforts impuissans ;
Veille toujours sur nous, pour défendre l'entrée
De nos funestes sens.

Fais que notre travail à ta gloire aboutisse
(Il sera par là même assez récompensé),
Et que ta sainte grâce, en ce jour accomplisse
Ce qu'elle a commencé.

Ne permets pas, grand Dieu ! que la chair insolente,
De notre faible esprit cet ennemi cruel,
Le fasse, hélas ! ramper, rebelle et triomphante,
Sous son joug criminel.

Résistons avec force aux efforts de sa rage ;
Préférons à ses fers mille fois le cercueil ;
Que la sobriété nous donne le courage
De dompter son orgueil.

Gloire au Père éternel ! gloire à son Fils unique !
Gloire à l'Esprit divin, qui les unit tous deux !
Durant ce tems, durant ce bonheur angélique
Qui nous attend aux cieux.

Grates, peracto jam die, etc.

Le jour finit ; déjà la nuit couvre la terre.
Grand Dieu ! du haut du ciel, entends notre prière.
Lorsque le jour paraît nous t'adressons nos vœux,
Il cesse, et nos soupirs s'élèvent vers les cieux.....

Qu'une vive douleur, qu'un repentir sincère
Efface les péchés de la journée entière !
De peur que l'ennemi, pendant notre repos,
Ne souille notre cœur par des péchés nouveaux.

Sans cesse autour de nous, comme un lion sauvage,
Il rôde, le cruel ! pour assouvir sa rage.....
Sous tes ailes, Seigneur, cache tous tes enfans :
Ah ! nous sommes perdus, si tu ne nous défends.

Quand verrons-nous, Dieu saint ! quand verrons-nous éclore
Ce jour délicieux, toujours à son aurore ?
Quand posséderons-nous ce royaume enchanteur,
Dont la guerre jamais ne trouble le bonheur ?

Gloire au Père éternel, de qui la voix puissante
Fit sortir du néant la terre obéissante !
Gloire au Fils, rédempteur de tout le genre humain !
A présent et toujours, gloire à l'Esprit divin !

SUR

LA MORT DU DUC DE BERRI.

Berri, des cœurs français la plus douce espérance,
A péri sous les coups d'un indigne assassin.
Il n'est plus, ce grand Prince ! O ma Patrie ! ô France !
Un monstre osa plonger un poignard dans son sein.....

Infâme, sans rougir, peux-tu voir tes mains teintes
Du sang d'un bienfaiteur, d'un auguste Bourbon ?
Il expirait, hélas ! et ses lèvres éteintes
A son père, à son roi, demandaient ton pardon......

Tel on vit autrefois le maître du tonnerre
Prier pour les ingrats qui répandaient son sang ;
Tel on a vu Berri, modèle de la terre,
Pardonner à la main qui lui perça le flanc.

Du généreux Berri reçois, ombre chérie,
Reçois des bons Français les regrets douloureux.
Que ce prince, l'honneur, l'appui de sa Patrie,
Daigne du ciel encor sur nous jeter les yeux !

O femme infortunée ! admirable princesse !
Qui faisiez le bonheur de ce prince chéri,
Conservez, avec soin, le fruit de sa tendresse ;
Que la France bientôt puisse revoir Berri !

SONNET.

GRAND Dieu ! vois à tes pieds toute la France en deuil
Invoquer ton saint nom, la face contre terre ;
De Berri, son espoir, embrasser le cercueil ;
Et s'écrier : Seigneur, désarme ta colère !

O toi, qui des méchans sais confondre l'orgueil,
Des mortels vertueux entends l'humble prière !
Que ta bonté sur nous enfin jète un coup-d'œil :
Sois propice au Français ; c'est en toi qu'il espère.

Appaise ton courroux, pardonne nos erreurs ;
Efface nos péchés, soulage nos malheurs.
Nous sommes tes enfans : sois touché de nos larmes.

D'un Prince infortuné, digne soutien des lys,
Nous déplorons la mort...... Ah ! parmi nos alarmes,
Daigne nous consoler en lui donnant un fils !

FIN.

www.ingramcontent.com/pod-product-compliance
Ingram Content Group UK Ltd.
Pitfield, Milton Keynes, MK11 3LW, UK
UKHW020354250726
13967UKWH00005B/2274

9 782013 075626